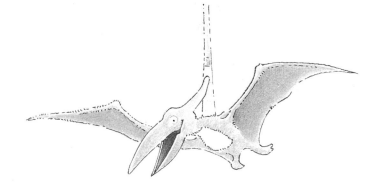

Originally published in 1990 in New Zealand by Ashton Scholastic Ltd.
Text copyright © 1990 by Mary Carmine.
Illustrations copyright © 1990 by Martin Baynton.
Translation copyright © 1992 by Scholastic Inc.
All rights reserved. Published by Scholastic Inc.,
730 Broadway, New York, NY 10003, by arrangement with
Ashton Scholastic Ltd.
Printed in the U.S.A.
ISBN 0-590-46280-6

8 9 10   33   99 98

Daniel y los dinosaurios

POR
Mary Carmine

ILUSTRACIONES DE
Martin Baynton

SCHOLASTIC INC.
New York   Toronto   London   Auckland   Sydney

Daniel ama a los
dinosaurios.
Ama a los dinosaurios
grandes...
y también a los más
pequeños.

En la biblioteca,
Daniel lee libros sobre
los dinosaurios.
Y cuando pinta, siempre pinta
dinosaurios.

Las historias que Daniel escribe
son siempre sobre dinosaurios.

Daniel encuentra
dinosaurios en todas
partes.
Dos Platesauros
viven al lado de su casa.

8

Tres Segnosauros atienden
las cajas registradoras en
el supermercado.

Un Alosauro dirige el tráfico
y, por las mañanas, cuando Daniel
va a la escuela, un dinosaurio de una
variedad que él no conoce
le grita detrás de una alta cerca.

La maestra de Daniel
es una Diplodoco herbívora,
muy gentil y amigable,
pero algunas veces...

13

¡se transforma en una Tiranosauro,
gigantesca y feroz!

—Me gustaría que pensaras
en otras cosas —le dice su madre—.
¿Qué tal si vamos a la ciudad y
visitamos el Acuario?

—¡Ésa es una buena idea! —exclama
Daniel—. Me gustan mucho los peces...
pero no tanto como los dinosaurios.

Les tocó hacer un largo viaje para
llegar a la ciudad.
Durante el recorrido,
Daniel estuvo dibujando dinosaurios.

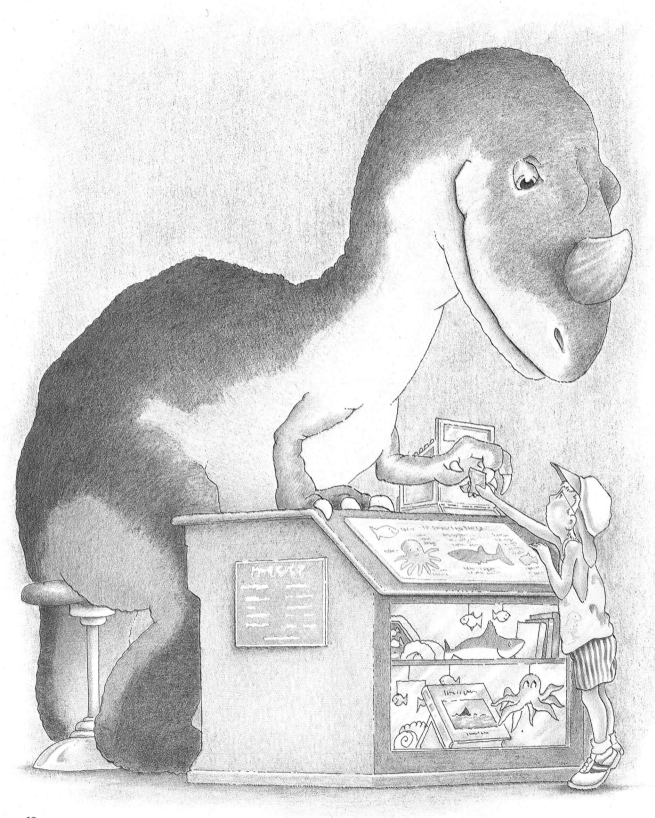

En la oficina de boletos un sonriente
Ceratosauro les recogió el dinero.

Daniel y su madre miraron las rocas,
los caballitos de mar y los pequeños
peces dentro de los acuarios.

Miraron las rayas...

y se quedaron mirando
durante un largo rato.

Miraron los pulpos...

y allí estuvieron un
buen rato también.

Miraron los tiburones...

y se quedaron observándolos
mucho tiempo.

Al salir del acuario, Daniel le dijo
adiós al encargado de la oficina de boletos,
un tiburón gris muy sonriente.

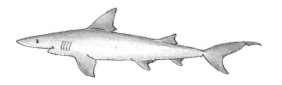

Glosario

Alosauro (a–lo–*sau*–ro)

Era un carnívoro, bípedo (con dos patas), de gigantesco y pesado cuerpo y lentos movimientos; medía hasta 12 metros de largo.

Ceratosauro (ce–ra–to–*sau*–ro)

Único carnívoro bípedo entre los dinosaurios que tenía un cuerno sobre la nariz, el Ceratosauro medía cerca de 6 metros de largo.

Diplodoco (di–plo–*do*–co)

Herbívoro, cuadrúpedo (con 4 patas) y uno de los dinosaurios más grandes de los cuales se ha tenido conocimiento, medía casi 28 metros de largo.

Platesauro (pla–te–*sau*–ro)

Dinosaurio herbívoro, alcanzaba hasta 8 metros de altura y caminaba a voluntad sobre sus 2 ó 4 patas.

Segnosauro (seg–no–*sau*–ro)

Dinosaurio de unos 4 metros de longitud, bípedo, de grandes patas con una membrana uniendo las pezuñas; tenía una pequeña cola. Se cree que el *hábitat* del Segnosauro estaba en las orillas de los ríos y que se alimentaba de peces.

Tiranosauro (ti–ra–no–*sau*–ro)

Esta especie de dinosaurio era una de las más feroces. El Tiranosauro era carnívoro, bípedo, medía unos 14 metros de longitud y 5 de altura, con más de 60 filosos dientes.

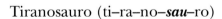